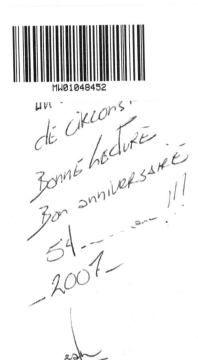

un
de Circons?
BonnE hecture..
Bon anniversaire
54 ------- ans !!!
- 2007 -

« Mon cher Papa… »

Des écrivains et leur père

Gallimard

Tu seras un Homme, mon fils!

PIERRE PÉJU

L'Attente[*]

À la fin, quand la femme est vraiment grosse, quand elle ne porte plus que des vêtements très amples, quand son corps a atteint une majestueuse ampleur, quand sa peau s'est tendue, remplie, il lui arrive d'aller marcher, pour le plaisir, dans les rues de la ville ou dans les allées du parc, dans ce décor des dernières semaines, pleine de grâce, insouciante et superbe, avec une gloire dorée de petite fille éternelle, comme si cette proéminence, à présent visible par tous, lui assurait dans le fracas ou le silence une sécurité extraordinaire. Elle marche calmement, dans la certitude de porter sur soi les signes transparents d'une bénédiction.

Elle marche sans but, entre toutes les femmes, entre tous les enfants et les mâles plus flous, dans l'illusion que la communauté, aussi violente soit-elle, ne peut à l'instant que l'aimer, la protéger, puisque depuis l'aube des temps, c'est par elle, à travers elle, que tout continue.

[*] Extrait de *Naissances* (Folio n° 3384).

Si le père n'est pas loin, il se tient malgré tout dans un retrait inévitable. Père toujours périphérique. Homme qu'un plaisir fugace a fait père de très loin et très vite, il y a déjà si longtemps. Alors, pour être à la hauteur, il décrit du mieux qu'il peut ses cercles d'escorteur. Il protège ou s'attendrit, mais il sait confusément qu'il n'a pas accès au Grand Œuvre. Voué aux caresses de surface, il se contente d'écouter attentivement les nouvelles des profondeurs. Que faire de son corps à jamais vide, sinon le vouer à l'exercice de la pauvre puissance? Ses mains, ses bras, sa poitrine sont déjà dans l'avenir, confrontés à l'enfant futur. Si ses organes sont muets, son imagination s'agite. Lui, ce sont les lendemains qui le tiennent puisqu'il ne saura jamais s'installer dans le présent de l'attente. Il pense à ce qu'il fera quand l'enfant sera là. L'envie de jouer s'empare de lui, le souvenir d'anciens jeux adoucit un peu ses gestes.

Fidèlement, timidement ou crânement, le père ne peut que se tenir sur le rivage de toute maternité, bras ballants, un peu maladroit. Patient et impatient. Inquiet et rassurant. Jusqu'au bout.

Et pourtant c'est ensemble, officiellement ensemble, que la mère grosse et le futur père s'installent dans cette lenteur de croisière, dans cette attente d'enfant rythmée seulement par divers soucis, quelques projets et de menues alertes. Ils parlent, ils se taisent. Le terme, ce que la biologie a planté dans leur proche avenir comme un terme, leur semble si lointain que presque impen-

sable. Ils sentent qu'ils pourraient prolonger indéfini-
ment cette étrange vie ralentie, à deux, à presque trois.
Le couple et le tiers obscur. Les jours passent, les
choses flottent, la perspective reste délicieusement
floue.

Mais elle arrive, la minute aussi prévue qu'imprévi-
sible où tout bascule. C'est la nuit. Depuis un
moment, les yeux ouverts dans le noir, la femme était
attentive à l'imperceptible coulée annonciatrice. Plus
immobile qu'une statue de gisant, elle attendait, vou-
lait être sûre, attendait encore.

Pourquoi cette nuit-là ? Cette minute-là ? Pourquoi
un chien aboie-t-il quelque part ? Pourquoi l'alarme
d'une voiture s'est-elle soudain déclenchée dans une
rue complètement vide ? Pourquoi ces bruits d'eau
dans les canalisations, ces craquements dans les murs ?
Alors, dans la profondeur de la nuit, la femme touche
à pleine main cette humidité, s'assoit au bord du lit,
secoue l'homme qui dormait profondément. Elle
touche son épaule chaude, elle le réveille sans panique,
elle lui parle avec cette intonation définitive qui signi-
fie que ça y est, que c'est la naissance qui commence.

La grossesse était un état. Il s'achève. La naissance
est une précipitation. «Je perds les eaux !» lui a-t-elle
dit, sachant que d'une heure à l'autre les douleurs vont
venir, le corps à nouveau débordé, le corps bientôt vidé
mais surtout séparé de ce qu'il abritait.

Au milieu de son rêve, l'homme entend ces mots :

« les eaux ». Il sait bien que ce sont les mots qu'on prononce à propos de cet instant, à propos de ce surgis-
sement. Il y a longtemps, il les a lui-même entendu
prononcer dans des circonstances dramatiques. Cette
nuit, c'est ce pluriel énigmatique qui déferle sur lui.

Pourquoi « les » eaux ? C'est le pluriel du déluge, le
pluriel de l'origine, les eaux limoneuses dont toutes
choses sont sorties, celles qui charrièrent du vivant, des
cellules, des graines, les eaux troubles où nagèrent les
premiers monstres, celles auxquelles s'arrachèrent ces
reptiles-fœtus bien gluants qui venaient au monde
dans une solitude effroyable, rampant, bavant, recra-
chant les eaux dont ils étaient pleins.

Dans cette nuit profonde du commencement, le ciel
était noir comme l'intérieur d'un ventre, quand seules
les eaux étaient plurielles, boueuses, montées de toutes
parts. Une force neuve produisait en leur sein des courants tièdes où des nuées de têtards palpitaient comme
un cœur en morceaux. « Les » eaux , « les eaux » jaillis-
santes, ruisselantes, sur lesquelles dérive aussi la nacelle
de branchages et de glaise où vagit le bébé de personne,
le bébé inconnu des eaux et des roseaux, le bébé à
venir…

L'homme se dresse dans la réalité introuvable, s'ha-
bille en silence. Ensemble, ils font les gestes qu'ils
savaient, depuis le début, devoir faire ce jour-là. Au
loin, le chien a cessé d'aboyer.

GUY DE MAUPASSANT

Le Père*

Comme il habitait les Batignolles, étant employé au ministère de l'Instruction publique, il prenait chaque matin l'omnibus, pour se rendre à son bureau. Et chaque matin il voyageait jusqu'au centre de Paris, en face d'une jeune fille dont il devint amoureux.

Elle allait à son magasin, tous les jours, à la même heure. C'était une petite brunette, de ces brunes dont les yeux sont si noirs qu'ils ont l'air de taches, et dont le teint a des reflets d'ivoire. Il la voyait apparaître toujours au coin de la même rue; et elle se mettait à courir pour rattraper la lourde voiture. Elle courait d'un petit air pressé, souple et gracieux; et elle sautait sur le marchepied avant que les chevaux fussent tout à fait arrêtés. Puis elle pénétrait dans l'intérieur en soufflant un peu, et, s'étant assise, jetait un regard autour d'elle.

La première fois qu'il la vit, François Tessier sentit que cette figure-là lui plaisait infiniment. On rencontre parfois de ces femmes qu'on a envie de serrer

* Extrait de *Contes du jour et de la nuit* (Folio n° 1558).

éperdument dans ses bras, tout de suite, sans les connaître. Elle répondait, cette jeune fille, à ses désirs intimes, à ses attentes secrètes, à cette sorte d'idéal d'amour qu'on porte, sans le savoir, au fond du cœur.

Il la regardait obstinément, malgré lui. Gênée par cette contemplation, elle rougit. Il s'en aperçut et voulut détourner les yeux ; mais il les ramenait à tout moment sur elle, quoiqu'il s'efforçât de les fixer ailleurs.

Au bout de quelques jours, ils se connurent sans s'être parlé. Il lui cédait sa place quand la voiture était pleine et montait sur l'impériale, bien que cela le désolât. Elle le saluait maintenant d'un petit sourire ; et, quoiqu'elle baissât toujours les yeux sous son regard qu'elle sentait trop vif, elle ne semblait plus fâchée d'être contemplée ainsi.

Ils finirent par causer. Une sorte d'intimité rapide s'établit entre eux, une intimité d'une demi-heure par jour. Et c'était là, certes, la plus charmante demi-heure de sa vie à lui. Il pensait à elle tout le reste du temps, la revoyait sans cesse pendant les longues séances du bureau, hanté, possédé, envahi par cette image flottante et tenace qu'un visage de femme aimée laisse en nous. Il lui semblait que la possession entière de cette petite personne serait pour lui un bonheur fou presque au-dessus des réalisations humaines.

Chaque matin maintenant elle lui donnait une poignée de main, et il gardait jusqu'au soir la sensation de ce contact, le souvenir dans sa chair de la faible pression de ces petits doigts; il lui semblait qu'il en avait conservé l'empreinte sur sa peau.

Il attendait anxieusement pendant tout le reste du temps ce court voyage en omnibus. Et les dimanches lui semblaient navrants.

Elle aussi l'aimait, sans doute, car elle accepta, un samedi de printemps, d'aller déjeuner avec lui, à Maisons-Laffitte, le lendemain.

*

Elle était la première à l'attendre à la gare. Il fut surpris; mais elle lui dit:

— Avant de partir, j'ai à vous parler. Nous avons vingt minutes: c'est plus qu'il ne faut.

Elle tremblait, appuyée à son bras, les yeux baissés et les joues pâles. Elle reprit:

— Il ne faut pas que vous vous trompiez sur moi. Je suis une honnête fille, et je n'irai là-bas avec vous que si vous me promettez, si vous me jurez de ne rien... de ne rien faire... qui soit... qui ne soit pas... convenable...

Elle était devenue soudain plus rouge qu'un coquelicot. Elle se tut. Il ne savait que répondre, heureux et désappointé en même temps. Au fond du cœur, il préférait peut-être que ce fût ainsi; et pourtant... pourtant il s'était laissé bercer, cette nuit, par des rêves qui lui avaient mis le feu dans les veines. Il l'aimerait moins assurément s'il la savait de conduite légère; mais alors ce serait si charmant, si délicieux pour lui ! Et tous les calculs égoïstes des hommes en matière d'amour lui travaillaient l'esprit.

Comme il ne disait rien, elle se remit à parler à voix émue, avec des larmes au coin des paupières :

— Si vous ne me promettez pas de me respecter tout à fait, je m'en retourne à la maison.

Il lui serra le bras tendrement et répondit :

— Je vous le promets ; vous ne ferez que ce que vous voudrez.

Elle parut soulagée et demanda en souriant :

— C'est bien vrai, ça ?

Il la regarda au fond des yeux.

— Je vous le jure !

— Prenons les billets, dit-elle.

Ils ne purent guère parler en route, le wagon étant au complet.

Arrivés à Maisons-Laffitte, ils se dirigèrent vers la Seine.

L'air tiède amollissait la chair et l'âme. Le soleil tombant en plein sur le fleuve, sur les feuilles et les gazons, jetait mille reflets de gaîté dans les corps et dans les esprits. Ils allaient, la main dans la main, le long de la berge, en regardant les petits poissons qui glissaient, par troupes, entre deux eaux. Ils allaient, inondés de bonheur, comme soulevés de terre dans une félicité éperdue.

Elle dit enfin :

— Comme vous devez me trouver folle !

Il demanda :

— Pourquoi ça ?

Elle reprit :

— N'est-ce pas une folie de venir comme ça toute seule avec vous ?

— Mais non ! c'est bien naturel.

— Non ! non ! ce n'est pas naturel — pour moi, — parce que je ne veux pas fauter, — et c'est comme ça qu'on faute, cependant. Mais si vous saviez ! c'est si triste, tous les jours, la même chose, tous les jours du mois et tous les mois de l'année. Je suis toute seule avec maman. Et comme elle a eu bien des chagrins, elle n'est pas gaie. Moi, je fais comme je peux. Je tâche de rire quand même ; mais je ne réussis pas toujours. C'est égal, c'est mal d'être venue. Vous ne m'en voudrez pas, au moins.

Pour répondre, il l'embrassa vivement dans l'oreille. Mais elle se sépara de lui, d'un mouvement brusque ; et, fâchée soudain :

— Oh ! monsieur François ! après ce que vous m'avez juré.

Et ils revinrent vers Maisons-Laffitte.

Ils déjeunèrent au Petit-Havre, maison basse, ensevelie sous quatre peupliers énormes, au bord de l'eau.

Le grand air, la chaleur, le petit vin blanc et le trouble de se sentir l'un près de l'autre les rendaient rouges, oppressés et silencieux.

Mais après le café une joie brusque les envahit, et,

ayant traversé la Seine, ils repartirent le long de la rive, vers le village de La Frette.

Tout à coup il demanda :

— Comment vous appelez-vous ?

— Louise.

Il répéta : Louise ; et il ne dit plus rien.

La rivière, décrivant une longue courbe, allait baigner au loin une rangée de maisons blanches qui se miraient dans l'eau, la tête en bas. La jeune fille cueillait des marguerites, faisait une grosse gerbe champêtre, et lui, il chantait à pleine bouche, gris comme un jeune cheval qu'on vient de mettre à l'herbe.

À leur gauche, un coteau planté de vignes suivait la rivière. Mais François soudain s'arrêta et demeurant immobile d'étonnement :

— Oh ! regardez ! dit-il.

Les vignes avaient cessé, et toute la côte maintenant était couverte de lilas en fleurs. C'était un bois violet, une sorte de grand tapis étendu sur la terre, allant jusqu'au village, là-bas, à deux ou trois kilomètres.

Elle restait aussi saisie, émue. Elle murmura :

— Oh ! que c'est joli !

Et, traversant un champ, ils allèrent, en courant, vers cette étrange colline, qui fournit, chaque année, tous les lilas traînés, à travers Paris, dans les petites voitures des marchandes ambulantes.

Un étroit sentier se perdait sous les arbustes. Ils

le prirent et, ayant rencontré une petite clairière, ils s'assirent.

Des légions de mouches bourdonnaient au-dessus d'eux, jetaient dans l'air un ronflement doux et continu. Et le soleil, le grand soleil d'un jour sans brise, s'abattait sur le long coteau épanoui, faisait sortir de ce bois de bouquets un arôme puissant, un immense souffle de parfums, cette sueur des fleurs.

Une cloche d'église sonnait au loin.

Et, tout doucement, ils s'embrassèrent, puis s'étreignirent, étendus sur l'herbe, sans conscience de rien que de leur baiser. Elle avait fermé les yeux et le tenait à pleins bras, le serrant éperdument, sans une pensée, la raison perdue, engourdie de la tête aux pieds dans une attente passionnée. Et elle se donna tout entière sans savoir ce qu'elle faisait, sans comprendre même qu'elle s'était livrée à lui.

Elle se réveilla dans l'affolement des grands malheurs et elle se mit à pleurer, gémissant de douleur, figure cachée sous ses mains.

Il essayait de la consoler. Mais elle voulut repartir, revenir, rentrer tout de suite. Elle répétait sans cesse en marchant à grands pas :

— Mon Dieu ! mon Dieu !

Il lui disait :

— Louise ! Louise ! restons, je vous en prie.

Elle avait maintenant les pommettes rouges et les yeux caves. Dès qu'ils furent dans la gare de Paris, elle le quitta sans même lui dire adieu.

*

Quand il la rencontra, le lendemain, dans l'omnibus, elle lui parut changée, amaigrie. Elle lui dit :

— Il faut que je vous parle ; nous allons descendre au boulevard.

Dès qu'ils furent seuls sur le trottoir :

— Il faut nous dire adieu, dit-elle. Je ne peux pas vous revoir après ce qui s'est passé.

Il balbutia :

— Mais, pourquoi ?

— Parce que je ne peux pas. J'ai été coupable. Je ne le serai plus.

Alors il l'implora, la supplia, torturé de désirs, affolé du besoin de l'avoir tout entière, dans l'abandon absolu des nuits d'amour.

Elle répétait obstinément :

— Non, je ne peux pas. Non, je ne peux pas.

Mais il s'animait, s'excitait davantage. Il promit de l'épouser. Elle dit encore :

— Non.

Et le quitta.

Pendant huit jours, il ne la vit pas. Il ne la put rencontrer, et comme il ne savait point son adresse, il la crut perdue pour toujours.

Le neuvième, au soir, on sonna chez lui. Il alla ouvrir. C'était elle. Elle se jeta dans ses bras, et ne résista plus.

Pendant trois mois, elle fut sa maîtresse. Il commençait à se lasser d'elle, quand elle lui apprit qu'elle était grosse. Alors, il n'eut plus qu'une idée en tête : rompre à tout prix.

Comme il n'y pouvait parvenir, ne sachant s'y prendre, ne sachant que dire, affolé d'inquiétudes, avec la peur de cet enfant qui grandissait, il prit un parti suprême. Il déménagea, une nuit, et disparut.

Le coup fut si rude qu'elle ne chercha pas celui qui l'avait ainsi abandonnée. Elle se jeta aux genoux de sa mère en lui confessant son malheur ; et, quelques mois plus tard, elle accoucha d'un garçon.

*

Des années s'écoulèrent. François Tessier vieillissait sans qu'aucun changement se fît en sa vie. Il menait l'existence monotone et morne des bureaucrates, sans espoirs et sans attentes. Chaque jour, il se levait à la même heure, suivait les mêmes rues, passait par la même porte devant le même concierge, entrait dans le même bureau, s'asseyait sur le même siège, et accomplissait la même besogne. Il était seul au monde, seul le jour, au milieu de ses collègues indifférents, seul, la nuit, dans son logement de garçon. Il économisait cent francs par mois pour la vieillesse.

Chaque dimanche, il faisait un tour aux Champs-Élysées, afin de regarder passer le monde élégant, les équipages et les jolies femmes.

Il disait le lendemain, à son compagnon de peine.

— Le retour du Bois était fort brillant, hier.

Or, un dimanche, par hasard, ayant suivi des rues nouvelles, il entra au parc Monceau. C'était par un clair matin d'été.

Les bonnes et les mamans, assises le long des allées, regardaient les enfants jouer devant elles.

Mais soudain François Tessier frissonna. Une femme passait, tenant par la main deux enfants : un petit garçon d'environ dix ans, et une petite fille de quatre ans. C'était elle.

Il fit encore une centaine de pas, puis s'affaissa sur une chaise, suffoqué par l'émotion. Elle ne l'avait pas reconnu. Alors il revint, cherchant à la voir encore. Elle s'était assise, maintenant. Le garçon demeurait très sage, à son côté, tandis que la fillette faisait des pâtés de terre. C'était elle, c'était bien elle. Elle avait un air sérieux de dame, une toilette simple, une allure assurée et digne.

Il la regardait de loin, n'osant pas approcher. Le petit garçon leva la tête. François Tessier se sentit trembler. C'était son fils, sans doute. Et il le considéra, et il crut se reconnaître lui-même tel qu'il était sur une photographie faite autrefois.

Et il demeura caché derrière un arbre, attendant qu'elle s'en allât, pour la suivre.

Il n'en dormit pas la nuit suivante. L'idée de l'enfant surtout le harcelait. Son fils ! Oh ! s'il avait pu savoir, être sûr ? Mais qu'aurait-il fait ?

Il avait vu sa maison; il s'informa. Il apprit qu'elle avait été épousée par un voisin, un honnête homme de mœurs graves, touché par sa détresse. Cet homme, sachant la faute et la pardonnant, avait même reconnu l'enfant, son enfant à lui, François Tessier.

Il revint au parc Monceau chaque dimanche. Chaque dimanche il la voyait, et chaque fois une envie folle, irrésistible, l'envahissait, de prendre son fils dans ses bras, de le couvrir de baisers, de l'emporter, de le voler.

Il souffrait affreusement dans son isolement misérable de vieux garçon sans affections; il souffrait une torture atroce, déchiré par une tendresse paternelle faite de remords, d'envie, de jalousie, et de ce besoin d'aimer ses petits que la nature a mis aux entrailles des êtres.

Il voulut enfin faire une tentative désespérée et, s'approchant d'elle, un jour, comme elle entrait au parc, il lui dit, planté au milieu du chemin, livide, les lèvres secouées de frissons :

— Vous ne me reconnaissez pas ?

Elle leva les yeux, le regarda, poussa un cri d'effroi, un cri d'horreur, et, saisissant par les mains ses deux enfants, elle s'enfuit, en les traînant derrière elle.

Il rentra chez lui pour pleurer.

Des mois encore passèrent. Il ne la voyait plus. Mais il souffrait jour et nuit, rongé, dévoré par sa tendresse de père.

Pour embrasser son fils, il serait mort, il aurait tué,

il aurait accompli toutes les besognes, bravé tous les dangers, tenté toutes les audaces.

Il lui écrivit à elle. Elle ne répondit pas. Après vingt lettres, il comprit qu'il ne devait point espérer la fléchir. Alors il prit une résolution désespérée, et prêt à recevoir dans le cœur une balle de revolver s'il le fallait. Il adressa à son mari un billet de quelques mots :

« Monsieur,

« Mon nom doit être pour vous un sujet d'horreur. Mais je suis si misérable, si torturé par le chagrin, que je n'ai plus d'espoir qu'en vous.

« Je viens vous demander seulement un entretien de dix minutes.

« J'ai l'honneur, etc. »

Il reçut le lendemain la réponse :

« Monsieur,

« Je vous attends mardi à cinq heures. »

*

En gravissant l'escalier, François Tessier s'arrêtait de marche en marche, tant son cœur battait. C'était dans sa poitrine un bruit précipité comme un galop de bête, un bruit sourd et violent. Et il ne respirait plus qu'avec effort, tenant la rampe pour ne pas tomber.

Au troisième étage, il sonna. Une bonne vint ouvrir. Il demanda :

— Monsieur Flamel.

— C'est ici, Monsieur. Entrez.

Et il pénétra dans un salon bourgeois. Il était seul ; il attendit éperdu, comme au milieu d'une catastrophe.

Une porte s'ouvrit. Un homme parut. Il était grand, grave, un peu gros, en redingote noire. Il montra un siège de la main.

François Tessier s'assit, puis, d'une voix haletante :

— Monsieur… monsieur… je ne sais pas si vous connaissez mon nom… si vous savez…

M. Flamel l'interrompit :

— C'est inutile, Monsieur, je sais. Ma femme m'a parlé de vous.

Il avait le ton digne d'un homme bon qui veut être sévère, et une majesté bourgeoise d'honnête homme. François Tessier reprit :

— Eh bien, Monsieur, voilà. Je meurs de chagrin, de remords, de honte. Et je voudrais une fois, rien qu'une fois, embrasser… l'enfant…

M. Flamel se leva, s'approcha de la cheminée, sonna. La bonne parut. Il dit :

— Allez me chercher Louis.

Elle sortit. Ils restèrent face à face, muets, n'ayant plus rien à se dire, attendant.

Et, tout à coup, un petit garçon de dix ans se précipita dans le salon, et courut à celui qu'il croyait son père. Mais il s'arrêta, confus, en apercevant un étranger.

M. Flamel le baisa sur le front, puis lui dit :

— Maintenant, embrasse monsieur, mon chéri.

Et l'enfant s'en vint gentiment, en regardant cet inconnu.

François Tessier s'était levé. Il laissa tomber son chapeau, prêt à choir lui-même. Et il contemplait son fils.

M. Flamel, par délicatesse, s'était détourné, et il regardait par la fenêtre, dans la rue.

L'enfant attendait, tout surpris. Il ramassa le chapeau et le rendit à l'étranger. Alors François, saisissant le petit dans ses bras, se mit à l'embrasser follement à travers tout son visage, sur les yeux, sur les joues, sur la bouche, sur les cheveux.

Le gamin, effaré par cette grêle de baisers, cherchait à les éviter, détournait la tête, écartait de ses petites mains les lèvres goulues de cet homme.

Mais François Tessier, brusquement, le remit à terre. Il cria :

— Adieu ! adieu !

Et il s'enfuit comme un voleur.

MARIE NIMIER

La Reine du silence*

Le soir avec les enfants, nous lisons *Les aventures de Pinocchio*. Nous en sommes presque à la fin du récit, lorsque la marionnette découvre Geppetto dans le ventre du requin. Le vieil homme, avalé par mégarde un jour de tempête, est assis à une table éclairée par la flamme vacillante d'une bougie. Ses pieds clapotent dans une eau visqueuse. Il mâchouille des petits poissons vivants qui parfois réussissent à s'échapper de sa bouche.

Lorsqu'il reconnaît son père, Pinocchio est tellement surpris qu'il en perd l'usage de la parole. Il n'arrive qu'à balbutier confusément, à crachoter des bribes de phrases qui ne veulent rien dire. Enfin, il parvient à articuler :

— Oh mon petit papa, *babbino mio*, je vous ai enfin retrouvé. Plus jamais je ne vous quitterai maintenant, plus jamais, plus jamais !

Plus jamais, plus jamais, ma voix se casse en

* Extrait de *La Reine du silence* (Folio n° 4315).

prononçant ces mots. Les enfants me poussent du coude. Ils n'aiment pas quand je m'interromps entre les phrases. Ils veulent savoir la suite. Le père enlace Pinocchio. Vont-ils mourir noyés dans les bras l'un de l'autre ?

Il est l'heure de dormir, l'heure pour moi de retourner à ma table de travail. Élio supplie : Encore une page, maman, tu ne peux pas nous refuser ça. Merlin se blottit contre moi en imitant les plaintes d'un petit animal. Je reprends la lecture, une page, puis une autre. Geppetto ne sait pas nager, mon père non plus ne savait pas nager. Il avait peur de l'eau. Peur de la mer comme on a peur du vide, lui qui était si fier de ses origines bretonnes, allant jusqu'à s'inventer des ancêtres corsaires pour faire oublier son enfance parisienne. Moi, je nage bien et surtout j'aime nager, mais je n'ai toujours pas mon permis de conduire, et les garçons font la moue lorsque Franck est absent et qu'il faut aller à la piscine à vélo.

Le récit se poursuit. Face au danger, Pinocchio recouvre ses esprits. Il s'apprête à braver les éléments en portant son père sur son dos. Il ne se laisse pas impressionner par le vent qui gronde au-dehors. J'aimerais avoir sa force. Sa détermination. J'en suis aujourd'hui encore au stade précédent, dans cette phase préliminaire où l'on cherche ses mots. Où l'on crachote des bouts de phrases. Tu ne me crois pas ? Un jour, je te montrerai mes brouillons, mes premiers jets, comme on dit, pour rester dans la métaphore aquatique, ceux qui sont écrits à la main, tu comprendras l'état de confusion qui m'habite alors que péniblement j'avance sur le chemin de la reconnaissance. Là, évidemment, devant les phrases imprimées, tout paraît facile. Pas de rature ni de renvois dans les marges. Le texte coule comme s'il allait de soi. C'est peut-être mieux ainsi. On ne veut pas voir le travail. On ne veut pas voir les contorsions. Ni savoir qu'au lieu de *contorsions*, j'avais écrit *contrition* et, avant encore, *repentir*. D'ailleurs, *repentir* était bien, qui disait à la fois le remords et la correction.

Mon ordinateur fait un drôle de bruit, comme s'il claquait des dents. Ce sont les os qui craquent, les squelettes qui se retournent, ils n'aiment pas être dérangés. Rappeler un mort à la vie, c'est mettre en doute son caractère immortel. Je repense au corps de Pinocchio soutenant celui de son père pendant qu'ils traversent le ventre du requin. Ils se retrouvent sur la langue du monstre, derrière trois rangées de dents. La langue du monstre... Voilà qui ferait un titre, je l'inscris au dos d'une chemise.

J'entends les petits pas de Merlin sur les tomettes du couloir. Il s'est relevé pour aller aux toilettes. Il passe la tête dans mon bureau, je lui adresse un signe de la main. Il me dit : Bon travail, maman, dors bien, à demain. Et il repart sur la pointe des pieds.

Vers minuit, mon ordinateur s'est calmé. Il a claqueté pendant deux bonnes heures et, soudain, il s'est tu. Je me demande si tous les pères, à un moment ou

à un autre de l'histoire familiale, font figure de
monstres. Si certains échappent à la malédiction.
J'aimerais que quelqu'un me raconte ce que c'est que
d'avoir ses deux parents. Un papa lorsqu'on a 13 ans,
19 ans, 38 ans. Un papa qui n'est plus un jeune
homme. Un papa qui est toujours nettement plus
vieux que toi. Je n'arrive pas à me concentrer sur cette
idée. Je n'arrive pas à imaginer. Un papa qui dit à son
fils, comme dans ce film russe que je viens de voir avec
une amie : « Je te donne deux minutes pour finir ta
soupe et ton pain. » Un papa qui joue à l'avion. Un
papa que l'on n'attend pas. Un papa qui quoi ?

Je vais à mon tour dans la chambre des enfants. Élio
est profondément endormi, serré contre ses peluches.
Merlin a repoussé les couvertures et remonté l'édre-
don. Il aime l'odeur des plumes. L'album est ouvert
sur sa table de nuit à la page où nous nous sommes
arrêtés. On y voit Geppetto et ses cheveux de crème
fouettée, un poisson s'échappant de sa bouche.
Mystère de la création. Mystère de la paternité.
Comment ça marche, un père ? De quoi c'est fait ? De
quelle matière ? Du tergal, du velours, du papier de
verre ? Comment sont ses chaussettes ? Ses genoux ?
Comment tombent ses pantalons ? Où range-t-il ses
clés de voiture ? Et ses factures d'hôtel, où sont-elles ?
C'est quoi ce son, papa, ces deux négations collées,
quoi ces cris que l'on entend de loin ? Quoi ces larmes
que l'on retient ? Jusqu'ici je me suis débrouillée toute
seule avec le peu d'éléments qui étaient à ma disposi-

tion, mais je vois bien que des phrases comme celle de Pinocchio («Mon petit papa, jamais plus je ne vous quitterai. Jamais plus, jamais plus») me troublent plus que de raison. Je baisse les yeux, en proie à une émotion qui mettra plusieurs heures à se dissiper. Une peur terrible, invalidante, qui me saisit chaque fois que l'on me parle de Roger Nimier.

MICHEL DE MONTAIGNE

De l'affection des pères aux enfants*

J'essaierais, par une douce conversation, de nourrir en mes enfants une vive amitié et bienveillance non feinte en mon endroit, ce qu'on gagne aisément en une nature bien née ; car si ce sont bêtes furieuses comme notre siècle en produit à foison, il les faut haïr et fuir pour telles. Je veux mal à cette coutume d'interdire aux enfants l'appellation paternelle et leur en enjoindre une étrangère, comme plus révérentielle, nature n'ayant volontiers pas suffisamment pourvu à notre autorité, nous appelons Dieu tout-puissant père, et dédaignons que nos enfants nous en appellent. C'est aussi injustice et folie de priver les enfants qui sont en âge de la familiarité des pères et vouloir maintenir en leur endroit une morgue austère et dédaigneuse, espérant par là les tenir en crainte et obéissance. Car c'est une farce très inutile qui rend les pères ennuyeux aux enfants et, qui pis est, ridicules. Ils ont la jeunesse et les forces en la main, et par conséquent le vent et la

* Extrait de *Essais, Livre second* (Folio n° 290).

faveur du monde; et reçoivent avec moquerie ces mines fières et tyranniques d'un homme qui n'a plus de sang ni au cœur, ni aux veines, vrais épouvantails de chènevière. Quand je pourrais me faire craindre, j'aimerais encore mieux me faire aimer.

RUDYARD KIPLING

Si... *

Si tu peux rester calme, quand tous autour de toi
S'affolent et t'accusent d'en être la cause;
Si tu peux croire en toi quand tous doutent de toi,
Tout en sachant comprendre aussi leur défiance;
Et si tu peux attendre sans te lasser d'attendre,
Quand on te calomnie, renoncer au mensonge,
Ou bien, quand on te hait, ne pas haïr toi-même,
Sans paraître trop bon, ni trop parler en sage;

Et si tu peux rêver... sans t'asservir aux rêves;
Si tu peux réfléchir... sans en faire ton but,
Si tu peux rencontrer et Triomphe et Désastre
Et offrir même front à ces deux imposteurs;
Si tu peux supporter de voir ta vérité
Déformée par des fourbes pour tendre un piège aux sots,
Ou bien, voyant détruit ce pour quoi tu vécus,
De tes outils usés, te mettre à rebâtir;

---

* Extrait de *Œuvres*, III (Bibliothèque de la Pléiade).

Si tu peux rassembler en un tas tous tes gains
Et les risquer en un seul coup de pile ou face,
Et perdre, et repartir de tes commencements
Sans souffler un seul mot, jamais, de cette perte ;
Si tu peux obliger ton cœur, tes nerfs, tes muscles
À te servir longtemps, même s'ils sont à bout,
Et ainsi tenir bon quand rien ne reste en toi
Sinon la volonté qui leur dit : « Tenez bon ! »

Si tu peux plaire aux foules et garder ta vertu,
Ou fréquenter les rois... en restant près du peuple,
Si amis, ennemis, ne peuvent t'offenser,
Si chacun pour toi compte, mais nul ne compte trop ;
Et si tu peux remplir la minute implacable
De soixante secondes de chemin parcouru,
À toi sera la Terre et tout ce qu'elle contient,
Et, qui mieux est, tu seras un Homme, mon fils !

Est-ce que tu m'aimes, Papa ?

JULES RENARD

Lettres choisies*

DE POIL DE CAROTTE À M. LEPIC
ET QUELQUES RÉPONSES DE M. LEPIC
À POIL DE CAROTTE

De Poil de Carotte à M. Lepic.

Institution Saint-Marc.

Mon cher papa,

Mes parties de pêche des vacances m'ont mis l'humeur en mouvement. De gros clous me sortent des cuisses. Je suis au lit. Je reste couché sur le dos et madame l'infirmière me pose des cataplasmes. Tant que le clou n'a pas percé, il me fait mal. Après je n'y pense plus. Mais ils se multiplient comme des petits poulets. Pour un de guéri, trois reviennent. J'espère d'ailleurs que ce ne sera rien.

Ton fils affectionné.

* Extrait de *Poil de Carotte* (Folio n° 1090).

Réponse de M. Lepic.

Mon cher Poil de Carotte,
Puisque tu prépares ta première communion et
que tu vas au catéchisme, tu dois savoir que l'espèce
humaine ne t'a pas attendu pour avoir des clous.
Jésus-Christ en avait aux pieds et aux mains. Il ne se
plaignait pas et pourtant les siens étaient vrais.
Du courage !

> Ton père qui t'aime.

De Poil de Carotte à M. Lepic.

Mon cher papa,
Je t'annonce avec plaisir qu'il vient de me pousser
une dent. Bien que je n'aie pas l'âge, je crois que c'est
une dent de sagesse précoce. J'ose espérer qu'elle ne
sera point la seule et que je te satisferai toujours par
ma bonne conduite et mon application.

> Ton fils affectionné.

Réponse de M. Lepic.

Mon cher Poil de Carotte,
Juste comme ta dent poussait, une des miennes se

mettait à branler. Elle s'est décidée à tomber hier matin. De telle sorte que si tu possèdes une dent de plus, ton père en possède une de moins. C'est pourquoi il n'y a rien de changé et le nombre des dents de la famille reste le même.

Ton père qui t'aime.

De Poil de Carotte à M. Lepic.

Mon cher papa,

Imagine-toi que c'était hier la fête de M. Jâques, notre professeur de latin, et que, d'un commun accord, les élèves m'avaient élu pour lui présenter les vœux de toute la classe. Flatté de cet honneur, je prépare longuement le discours où j'intercale à propos quelques citations latines. Sans fausse modestie, j'en suis satisfait. Je le recopie au propre sur une grande feuille de papier ministre, et, le jour venu, excité par mes camarades qui murmuraient : « Vas-y, vas-y donc ! » je profite d'un moment où M. Jâques ne nous regarde pas et je m'avance vers sa chaire. Mais à peine ai-je déroulé ma feuille et articulé d'une voix forte :

VÉNÉRÉ MAÎTRE

que M. Jâques se lève furieux et s'écrie :

« Voulez-vous filer à votre place plus vite que ça ! »

Tu penses si je me sauve et cours m'asseoir, tandis

que mes amis se cachent derrière leurs livres et que
M. Jâques m'ordonne avec colère :

« Traduisez la version. »

Mon cher papa, qu'en dis-tu ?

Réponse de M. Lepic.

Mon cher Poil de Carotte,

Quand tu seras député, tu en verras bien d'autres.
Chacun son rôle. Si on a mis ton professeur dans une
chaire, c'est apparemment pour qu'il prononce des
discours et non pour qu'il écoute les tiens.

De Poil de Carotte à M. Lepic.

Mon cher papa,

Je viens de remettre ton lièvre à M. Legris, notre
professeur d'histoire et de géographie. Certes, il me
parut que ce cadeau lui faisait plaisir. Il te remercie
vivement. Comme j'étais entré avec mon parapluie
mouillé, il me l'ôta lui-même des mains pour le repor-
ter au vestibule. Puis nous causâmes de choses et
d'autres. Il me dit que je devais enlever, si je voulais,
le premier prix d'histoire et de géographie à la fin de
l'année. Mais croirais-tu que je restai sur mes jambes
tout le temps que dura notre entretien, et que

M. Legris, qui, à part cela, fut très aimable, je le répète, ne me désigna même pas un siège?

Est-ce oubli ou impolitesse?

Je l'ignore et serais curieux, mon cher papa, de savoir ton avis.

Réponse de M. Lepic.

Mon cher Poil de Carotte,

Tu réclames toujours. Tu réclames parce que M. Jâques t'envoie t'asseoir, et tu réclames parce que M. Legris te laisse debout. Tu es peut-être encore trop jeune pour exiger des égards. Et si M. Legris ne t'a pas offert une chaise, excuse-le : c'est sans doute que, trompé par ta petite taille, il te croyait assis.

De Poil de Carotte à M Lepic.

Mon cher papa,

J'apprends que tu dois aller à Paris. Je partage la joie que tu auras en visitant la capitale que je voudrais connaître et où je serai de cœur avec toi. Je conçois que mes travaux scolaires m'interdisent ce voyage, mais je profite de l'occasion pour te demander si tu ne pourrais pas m'acheter un ou deux livres. Je sais les miens par cœur. Choisis n'importe lesquels. Au fond, ils se valent. Toutefois je désire spécialement *La Hen-*

riade, par François Marie Arouet de Voltaire, et *La Nouvelle Héloïse*, par Jean-Jacques Rousseau. Si tu me les rapportes (les livres ne coûtent rien à Paris), je te jure que le maître d'étude ne me les confisquera jamais.

Réponse de M. Lepic.

Mon cher Poil de Carotte,
Les écrivains dont tu me parles étaient des hommes comme toi et moi. Ce qu'ils ont fait, tu peux le faire. Écris des livres, tu les liras ensuite.

De M. Lepic à Poil de Carotte.

Mon cher Poil de Carotte,
Ta lettre de ce matin m'étonne fort. Je la relis vainement. Ce n'est plus ton style ordinaire et tu y parles de choses bizarres qui ne me semblent ni de ta compétence ni de la mienne.
D'habitude, tu nous racontes tes petites affaires, tu nous écris les places que tu obtiens, les qualités et les défauts que tu trouves à chaque professeur, les noms de tes nouveaux camarades, l'état de ton linge, si tu dors et si tu manges bien.
Voilà ce qui m'intéresse. Aujourd'hui, je ne comprends plus. À propos de quoi, s'il te plaît, cette sortie sur le printemps quand nous sommes en hiver ?

Que veux-tu dire? As-tu besoin d'un cache-nez? Ta lettre n'est pas datée et on ne sait si tu l'adresses à moi ou au chien. La forme même de ton écriture me paraît modifiée, et la disposition des lignes, la quantité de majuscules me déconcertent. Bref, tu as l'air de te moquer de quelqu'un. Je suppose que c'est de toi, et je tiens à t'en faire non un crime, mais l'observation.

Réponse de Poil de Carotte.

Mon cher papa,
Un mot à la hâte pour t'expliquer ma dernière lettre. Tu ne t'es pas aperçu qu'elle était *en vers*.

ANDRÉ GIDE

*Si le grain ne meurt** *

Accaparé par la préparation de son cours à la Faculté de Droit, mon père ne s'occupait guère de moi. Il passait la plus grande partie du jour, enfermé dans un vaste cabinet de travail un peu sombre, où je n'avais accès que lorsqu'il m'invitait à y venir. C'est d'après une photographie que je revois mon père, avec une barbe carrée, des cheveux noirs assez longs et bouclés ; sans cette image je n'aurais gardé souvenir que de son extrême douceur. Ma mère m'a dit plus tard que ses collègues l'avaient surnommé *Vir probus* ; et j'ai su par l'un d'eux que souvent on recourait à son conseil.

Je ressentais pour mon père une vénération un peu craintive, qu'aggravait la solennité de ce lieu. J'y entrais comme dans un temple ; dans la pénombre se dressait le tabernacle de la bibliothèque ; un épais tapis aux tons riches et sombres étouffait le bruit de mes pas. Il y avait un lutrin près d'une des deux fenêtres ; au milieu de la pièce, une énorme table couverte de livres

* Extrait de *Si le grain ne meurt* (Folio n° 875).

et de papiers. Mon père allait chercher un gros livre, quelque *Coutume de Bourgogne* ou *de Normandie*, pesant in-folio qu'il ouvrait sur le bras d'un fauteuil pour épier avec moi, de feuille en feuille, jusqu'où persévérait le travail d'un insecte rongeur. Le juriste, en consultant un vieux texte, avait admiré ces petites galeries clandestines et s'était dit : « Tiens ! cela amusera mon enfant. » Et cela m'amusait beaucoup, à cause aussi de l'amusement qu'il paraissait lui-même y prendre.

Mais le souvenir du cabinet de travail est resté lié surtout à celui des lectures que mon père m'y faisait. Il avait à ce sujet des idées très particulières, que n'avait pas épousées ma mère ; et souvent je les entendais tous deux discuter sur la nourriture qu'il convient de donner au cerveau d'un petit enfant. De semblables discussions étaient soulevées parfois au sujet de l'obéissance, ma mère restant d'avis que l'enfant doit se soumettre sans chercher à comprendre, mon père gardant toujours une tendance à tout m'expliquer. Je me souviens fort bien qu'alors ma mère comparait l'enfant que j'étais au peuple hébreu et protestait qu'avant de vivre dans la grâce il était bon d'avoir vécu sous la loi. Je pense aujourd'hui que ma mère était dans le vrai ; n'empêche qu'en ce temps je restais vis-à-vis d'elle dans un état d'insubordination fréquente et de continuelle discussion, tandis que, sur un mot, mon père eût obtenu de moi tout ce qu'il eût voulu. Je crois qu'il cédait au besoin de son cœur plutôt qu'il ne suivait une méthode lorsqu'il ne proposait à mon amusement ou à mon admiration rien qu'il ne pût aimer ou admirer lui-même. La littérature enfantine française ne présentait alors guère que des inepties, et je pense qu'il eût souffert s'il avait vu entre mes mains tel livre qu'on y mit plus tard, que Mme de Ségur par exemple — où je pris, je l'avoue, et comme à peu près tous les enfants de ma génération, un plaisir assez vif, mais stupide — un plaisir non plus vif heureusement que celui que j'avais pris d'abord à écouter mon père me lire des scènes de Molière, des passages de *L'Odyssée, La Farce de Pathelin*, les aventures de Sindbad ou celles d'Ali Baba et quelques bouffonneries de la Comédie italienne, telles qu'elles sont rapportées dans *Les Masques* de Maurice Sand, livre où j'admirais aussi les figures d'Arlequin, de Colombine, de Polichinelle ou de Pierrot, après que, par la voix de mon père, je les avais entendus dialoguer.

Le succès de ces lectures était tel, et mon père poussait si loin sa confiance, qu'il entreprit un jour le début du livre de Job. C'était une expérience à laquelle ma mère voulut assister; aussi n'eut-elle pas lieu dans la bibliothèque ainsi que les autres, mais dans un petit salon où l'on se sentait chez elle plus spécialement. Je ne jurerais pas, naturellement, que j'aie compris d'abord la pleine beauté du texte sacré! Mais cette lecture, il est certain, fit sur moi l'impression la plus vive, aussi bien par la solennité du récit que par la gravité de la voix de mon père et l'expression du

visage de ma mère, qui tour à tour gardait les yeux fer-
més pour marquer ou protéger son pieux recueille-
ment, et ne les rouvrait que pour porter sur moi un
regard chargé d'amour, d'interrogation et d'espoir.

Certains beaux soirs d'été, quand nous n'avions pas
soupé trop tard et que mon père n'avait pas trop de
travail, il demandait :

— Mon petit ami vient-il se promener avec moi ?

Il ne m'appelait jamais autrement que « son petit
ami ».

— Vous serez raisonnable, n'est-ce pas ? disait ma
mère. Ne rentrez pas trop tard.

J'aimais sortir avec mon père ; et, comme il s'occupait de moi rarement, le peu que je faisais avec lui gardait un aspect insolite, grave et quelque peu mystérieux
qui m'enchantait.

Tout en jouant à quelque jeu de devinette ou d'ho-
monymes, nous remontions la rue de Tournon, puis
traversions le Luxembourg, ou suivions cette partie du
boulevard Saint-Michel qui le longe, jusqu'au second
jardin, près de l'Observatoire. Dans ce temps, les ter-
rains qui font face à l'École de Pharmacie n'étaient pas
encore bâtis ; l'École même n'existait pas. Au lieu des
maisons à six étages, il n'y avait là que baraquements
improvisés, échoppes de fripiers, de revendeurs et de
loueurs de vélocipèdes. L'espace asphalté, ou macada-
misé je ne sais, qui borde ce second Luxembourg,
servait de piste aux amateurs ; juchés sur ces étranges
et paradoxaux instruments qu'ont remplacés les

bicyclettes, ils viraient, passaient et disparaissaient dans le soir. Nous admirions leur hardiesse, leur élégance. À peine encore distinguait-on la monture et la roue d'arrière minuscule où reposait l'équilibre de l'aérien appareil. La svelte roue d'avant se balançait ; celui qui la montait semblait un être fantastique.

La nuit tombait, exaltant les lumières, un peu plus loin, d'un café-concert, dont les musiques nous attiraient. On ne voyait pas les globes de gaz eux-mêmes, mais, par-dessus la palissade, l'étrange illumination des marronniers. On s'approchait. Les planches n'étaient pas si bien jointes qu'on ne pût, par-ci, par-là, en appliquant l'œil, glisser entre deux le regard : je distinguais, par-dessus la grouillante et sombre masse des spectateurs, l'émerveillement de la scène, sur laquelle une divette venait débiter des fadeurs.

Nous avions parfois encore le temps, pour rentrer, de retraverser le grand Luxembourg. Bientôt un roulement de tambour en annonçait la fermeture. Les derniers promeneurs, à contre-gré, se dirigeaient vers les sorties, talonnés par les gardes, et les grandes allées qu'ils désertaient s'emplissaient derrière eux de mystère. Ces soirs-là je m'endormais ivre d'ombre, de sommeil et d'étrangeté.

NATHALIE SARRAUTE

*Enfance**

Je me promène avec mon père... ou plutôt il me promène, comme il le fait chaque jour quand il vient à Paris. Je ne sais plus comment je l'ai rejoint... quelqu'un a dû me déposer à son hôtel ou bien à un endroit convenu... il est hors de question qu'il soit venu me chercher rue Flatters... je ne les ai jamais vus, je ne peux pas les imaginer se rencontrant, lui et ma mère...

Nous sommes passés par l'entrée du Grand Luxembourg qui fait face au Sénat et nous nous dirigeons vers la gauche, où se trouvent le Guignol, les balançoires, les chevaux de bois...

Tout est gris, l'air, le ciel, les allées, les vastes espaces pelés, les branches dénudées des arbres. Il me semble que nous nous taisons. En tout cas, de ce qui a pu être dit ne sont restés que ces mots que j'entends encore très distinctement : « Est-ce que tu m'aimes, papa ?... » dans le ton rien d'anxieux, mais quelque chose plutôt qui se veut malicieux... il n'est pas possible que je lui

* Extrait de *Enfance* (Folio n° 1684).

pose cette question d'un air sérieux, que j'emploie ce mot « tu m'aimes » autrement que pour rire... il déteste trop ce genre de mots, et dans la bouche d'un enfant...

— Tu le sentais vraiment déjà à cet âge ?

— Oui, aussi fort, peut-être plus fort que je ne l'aurais senti maintenant... ce sont des choses que les enfants perçoivent mieux encore que les adultes.

Je savais que ces mots « tu m'aimes », « je t'aime » étaient de ceux qui le feraient se rétracter, feraient reculer, se terrer encore plus loin au fond de lui ce qui était enfoui... Et en effet, il y a de la désapprobation dans sa moue, dans sa voix... « Pourquoi me demandes-tu ça ? » Toujours avec une nuance d'amusement... parce que cela m'amuse et aussi pour empêcher qu'il me repousse d'un air mécontent, « Ne dis donc pas de bêtises »... j'insiste : Est-ce que tu m'aimes, dis-le-moi. — Mais tu le sais... — Mais je voudrais que tu me le dises. Dis-le, papa, tu m'aimes ou non ?... sur un ton, cette fois, comminatoire et solennel qui lui fait pressentir ce qui va suivre et l'incite à laisser sortir, c'est juste pour jouer, c'est juste pour rire... ces mots ridicules, indécents : « Mais oui, mon petit bêta, *je t'aime.* »

Alors il est récompensé d'avoir accepté de jouer à mon jeu... « Eh bien, puisque tu m'aimes, tu vas me donner... » tu vois, je n'ai pas songé un instant à t'obliger à t'ouvrir complètement, à étaler ce qui t'emplit, ce que tu retiens, ce à quoi tu ne permets de s'échap-

per que par bribes, par bouffées, tu pourras en laisser
sourdre un tout petit peu... « Tu vas me donner un de
ces ballons... — Mais où en vois-tu ? — Là-bas... il y
en a dans ce kiosque... »

Et je suis satisfaite, j'ai pu le taquiner un peu et puis
le rassurer... et recevoir ce gage, ce joli trophée que
j'emporte, flottant tout bleu et brillant au-dessus de
ma tête, retenu par un long fil attaché à mon poignet.

DENIS DIDEROT

*Mon père et moi**

J'ai perdu ma mère à l'âge de quinze ans. Mon père se chargea seul de mon éducation. Je l'aimais tendrement, et je mis toute mon application à répondre à ses soins. Il était commandant de sa province. Il était à son aise, et passait pour très riche, parce qu'il tenait un grand état, et qu'il faisait beaucoup d'aumônes. J'avais été bercée par des mies d'idées de grande fortune, et je m'ennuyais souvent de l'économie que me prêchait mon père. Un jour que j'en avais plus d'humeur qu'à l'ordinaire, j'eus avec lui une conversation que je n'ai jamais oubliée. Il y a longtemps que je me propose de la mettre par écrit, parce qu'elle pourra être utile aux jeunes personnes qui se feraient sur la richesse, comme moi, des idées fausses. Voici à peu près ce qui fut dit entre nous.

Moi : Je ne saurais souffrir qu'on méprise la richesse. Il faut être bien mal né pour ne pas envier tout le bien qu'elle met à portée de faire.

---

* Extrait de *Œuvres* (Bibliothèque de la Pléiade).

Mon Père : Dis plutôt, mon enfant, qu'il faut être bien vain pour n'en pas redouter les dangers.

Moi : Je vous assure, mon père, que je n'en suis nullement alarmée. Qu'importe qu'on ait des fantaisies lorsqu'on a de quoi les satisfaire ?

Mon Père : Puisse l'expérience, ma fille, ne vous jamais apprendre qu'une fantaisie satisfaite en amène dix autres, et que le moindre inconvénient des richesses est à la longue l'impossibilité de satisfaire aux besoins réels pour avoir trop cédé aux superfluités.

Moi : Vous ne me montrez jamais, mon père, que les mauvais côtés de l'opulence ; permettez-moi, à mon tour, de plaider un peu sa cause.

Mon Père : J'y consens.

Moi : Je ne parlerai point de ce que vous appelez son côté frivole. Je sens bien que si l'on n'avait que le luxe et le faste à alléguer en faveur des richesses, elles ne seraient pas aussi désirables pour tous ; c'est cependant par ce côté frivole que la richesse fait souvent la douceur et l'agrément de la vie. Mais, sans s'y arrêter, peut-on être indifférent au plaisir d'orner sa maison, d'embellir et d'améliorer sa terre, d'amasser des revenus à ses enfants, sans être obligé de se retrancher, ni de les priver de l'aisance, ni de se refuser à sa générosité naturelle ? Je m'en rapporte à vous, mon père : quelle satisfaction n'avez-vous pas lorsque vous avez pu vous laisser aller à ce penchant, et vous avouer en même temps qu'il n'a pas été satisfait à mes dépens ? J'ai vu, oui, j'ai vu souvent votre joie à l'aspect de vos coffres remplis du fruit des récoltes ; si vous n'êtes pas indifférent à cet avantage, mon père, bien d'autres peuvent en être vains. Je ne sais, mais j'avoue que le particulier le plus riche me paraît être le plus heureux. Par exemple, je sens que j'aurais la fantaisie d'orner ma ville d'un édifice qui me fît connaître aux quatre coins du monde, moins pourtant par sa magnificence que par son utilité.

Mon Père : Sophisme de la vanité, mon enfant !

Moi : Eh bien, mon père, un pauvre honteux qu'on tire de la misère, un autre indigent qu'on délivre de la servitude, de l'oppression ou de l'injustice… Ceux qu'on aime, à qui on ne laisse pas le temps de désirer… Ah ! qui mieux que vous peut être touché de cet avantage ! Ce ne sont pas là des sophismes.

Mon Père : Tout cela est en effet très beau dans la spéculation ; mais cela ne se passe point ainsi dans le fait. Tous ces avantages sont chimériques. On ne destine point ses richesses acquises à être réparties sur ceux qui affichent ou qui cachent leur misère. Je vais plus loin. Je suppose ces dispositions bienfaisantes dans le cœur des riches, et j'ai à y opposer tous les vices de caractère que les richesses entraînent, la dureté, par exemple, envers les pauvres, la hauteur envers les domestiques, l'ostentation qui guide la générosité, etc. Passons sur les injustices d'inadvertance et de paresse ; mais les injustices de devoir et de décence, lorsqu'on est riche, ne doivent-elles pas, dix fois par jour, faire venir les larmes aux yeux de quiconque a le moindre principe de bienfaisance et d'humanité? La nécessité d'avoir un nombre de valets et d'équipages inutiles, le double de vêtements nécessaires, tandis qu'une foule de malheureux, de créanciers peut-être, sont souvent trop heureux d'emporter quelques légères marques de compassion. Mais la décence ne permet pas qu'on hasarde sa réputation d'homme riche pour se donner celle de fermier du pauvre, qui est la seule que le riche devrait ambitionner.

Moi : Mais, mon père, il y a des dépenses d'état. Le riche doit-il donc se regarder toute sa vie comme le fermier du pauvre?

Mon Père : Et pourquoi non? À la fin de votre vie, vous trouverez-vous fort à plaindre d'avoir pris et conservé ce titre? Cette ambition serait au moins aussi louable que celle de bâtir un édifice qui n'a souvent d'autre utilité que celle d'afficher la vanité du fondateur.

Moi : Il pourrait cependant y avoir tel établissement qui ferait également honneur à son instituteur et profit au public.

Mon Père : C'est-à-dire qu'on rendrait justice à son motif; mais on n'a guère vu de ces sortes d'établissements passer la seconde génération sans que les abus ne surpassassent de beaucoup leur utilité. De sorte que si l'instituteur avait employé ses sommes à acquitter sa dette envers les pauvres qui, vraisemblablement, ont été négligés, elles auraient été beaucoup plus profitables.

Moi : On peut, je crois, acquitter cette dette, et jouir en même temps d'une fortune honnête sans se la reprocher.

Mon Père : Peu de fortunes sont assez innocentes dans leur principe pour en jouir en sécurité. Il en est, cependant. Mais je laisse tous les lieux communs rebattus par les moralistes, et je demande seulement, mon enfant, si l'on est justifié en morale de n'avoir point fait le mal, et de n'avoir fait que le bien quand on a connu le mieux. D'après cette considération, qui ne peut être négligée que par des âmes étroites, voyez à combien de reproches le riche s'expose par le seul emploi de la richesse.

Moi : Si elle nous rend coupable toutes les fois qu'on n'en fait pas le meilleur usage possible, je ne sache rien de plus incommode ni même de plus funeste que la richesse.

Mon Père : Voilà, ma fille, ce que je ne cesse de vous répéter.

Moi : Mais, mon père, vous me parlez sans cesse de bienfaisance et d'humanité, et si j'osais...

Mon Père : Parlez.

Moi : Pourquoi avons-nous tous les jours, souvent pour nous seuls, une table couverte d'un grand nombre de mets exquis et inutiles ? Pourquoi occupons-nous une maison immense, dans laquelle nous avons un appartement de chaque saison ; tandis que cent mille de nos semblables n'ont point de toit et manquent de pain ?

Mon Père : Voilà précisément, ma fille, les injustices d'état dont je vous parlais. Je me suis mis au-dessus du préjugé autant qu'il a dépendu de moi ; mais tout ce que j'ai pu faire a été de disposer d'un appartement de cette maison en faveur d'un pauvre officier retiré du service : encore avez-vous vu les couleurs qu'on a voulu donner à cette action, jusqu'à mander à la cour que je tirais parti du logement que le roi me donne.

Moi : Mais, en effet, comment faire ? Si la bienfaisance est connue, elle perd son prix ; si elle est inconnue, on la calomnie.

Mon Père : On la calomnie ; et qu'importe ?

Moi : Si le riche renferme ses richesses dans ses coffres, c'est un avare qu'on méprise ; s'il les dissipe, c'est un insensé.

Mon Père : L'une et l'autre de ces extrémités seraient, en effet, blâmables ; mais souvent on les suppose légèrement. Croyez-vous que celui qui mépriserait tout faste et placerait ses richesses en actions honnêtes ne se ferait pas un caractère plus distingué parmi les hommes et ne leur apprendrait pas, à la longue, combien les idées qu'ils ont de la considération sont fausses et petites ?

Moi : Peut-être ; mais un seul riche ne peut pas non plus secourir tous les indigents.

Mon Père : D'accord.

Moi : Il me paraît très difficile alors de renfermer son devoir à cet égard dans des bornes irrépréhensibles. À qui doit-on donner et combien doit-on donner ?

Mon Père : Il faut secourir le pauvre. J'appelle ainsi celui qui, par quelque cause insurmontable, n'a pas de quoi satisfaire ses besoins absolus ; car je ne veux pas qu'on encourage la débauche et la fainéantise. Quant à votre question, n'est-il pas vrai que si toute la somme de la misère publique était connue, ce serait exactement la dette de toute la richesse nationale ?

Moi : J'entends.

Mon Père : Si la somme de toute la richesse nationale était connue, chaque particulier saurait quelle portion de cette dette il aurait à acquitter. Il dirait : Toute la richesse nationale doit tant à la misère publique ; donc la portion de la richesse nationale que je possède doit tant à la misère publique que j'ai à soulager. Me suivez-vous ?

Moi : Oui, mon père, à merveille.

Mon Père : Vous convenez donc bien que ce qu'il donnerait de moins serait un vol fait aux pauvres ? Il ne commencerait à être humain, généreux, bienfaisant qu'en donnant au-delà.

Moi : Eh bien ! oui, mon père ; mais la somme de la misère publique n'est pas connue.

Mon Père : Ajoutez que chacun ignorant sa dette, on ne s'acquitte point, ou l'on s'acquitte mal. Quand on a jeté un liard dans le chapeau d'un pauvre, on se tient quitte. Voilà pourquoi, mon enfant, il vaut mieux faire trop que trop peu.

Moi : Mais ne doit-on pas plus à ses héritiers qu'à des inconnus ?

Mon Père : Sans doute ; mais les bornes de ce qu'on leur doit sont aisées à prescrire. Le nécessaire de leur état ; voilà tout, et ils ne sont point en droit de se plaindre.

Moi : Vos principes me paraissent bien sévères. Combien vous condamnez de riches !

Mon Père : Moi-même, je n'ai peut-être pas satisfait à mon devoir aussi rigoureusement que je le devais ; mais j'ai fait de mon mieux. J'aurais pu, comme tous ceux de mon rang, avoir des équipages de chasse, nombre de domestiques et de chevaux inutiles ; mais j'ai mieux aimé nourrir et habiller douze pauvres de plus tous les hivers. Depuis que vous êtes répandue dans le monde, vous m'avez demandé quelquefois de faire monter les diamants de feu votre mère, d'augmenter votre pension, de vous donner une femme de chambre de plus ; je n'ai point trouvé vos demandes déplacées. Par la même raison, vous devez avoir trouvé un peu de dureté dans mes refus ; mais voyez, mon enfant, était-il naturel que je me rendisse à des fantaisies, tandis que les pauvres habitants de ma terre auraient gémi des retranchements que j'aurais été obligé de leur faire ?

Moi : Ah ! mon père, je ne serais pas digne d'avoir le nécessaire, si je pouvais regretter l'emploi des sommes que vous m'avez refusées.

Mon Père : Je gage, mon enfant, que vous n'avez

point encore pensé à vous acquitter de votre dette... Vous rêvez. Tranquillisez-vous, j'y ai pourvu. Songez seulement que lorsque vous succéderez à mon bien, vous succéderez aussi à mes obligations.

De ce jour, je fis vœu de porter une petite bourse destinée au payement de la dette des pauvres. Celle de mes fantaisies a été longtemps beaucoup plus considérable, et j'en rougis. Après cette conversation, qui me rendit triste et rêveuse parce qu'elle contrariait mes idées, nous nous promenâmes chacun de notre côté. Mon bon père rêvait ; je lui en demandai le sujet ; il fit difficulté de me le dire, craignant que les idées qui l'occupaient ne fussent au-dessus de ma portée. En effet, je n'en compris pas alors toute l'étendue. « Mourrai-je, me dit-il, sans avoir vu exécuter une chose qui ne coûterait qu'un mot au souverain ; qui préviendrait toutes les années des millions d'injustices et qui produirait une infinité de bien ?

— Quel est ce projet, lui dis-je, mon père ?

— Il n'est pas de moi, reprit-il ; il est d'un de mes amis. J'ai toujours regretté qu'il n'ait pas été à portée d'en faire usage. C'est la publication du tarif général des impôts et de leur répartition. Par là, on connaîtrait le dénombrement du peuple ; la population d'un lieu et la dépopulation d'un autre ; les richesses de chaque citoyen ; la pauvreté, et par conséquent la dette des richesses ; l'inégalité de la répartition serait empêchée, car qui oserait ainsi publiquement accorder de la prédilection par quelque vue que ce soit d'intérêt ou de timidité ? L'impôt ne doit tomber que sur celui qui est au-dessus du besoin réel. Celui qui est au-dessous est de la classe des pauvres, et elle ne doit rien payer ; sans compter le frein que cette publicité mettrait nécessairement à l'avidité et aux vexations des gens préposés à la perception des impôts. C'est dans nos provinces, dans nos campagnes qu'on peut voir à quels excès ces abus sont portés… » Cette conversation dura jusqu'au soir, et je la vis finir à regret.

Mon père mourut longtemps après. C'est alors que se montra une foule de pauvres pensionnaires à moi-même inconnus. Le beau cortège que ces malheureux désolés ; plus honorable, plus touchant sans doute que celui d'une nombreuse livrée ! Je tâche de marcher sur les traces de mon père ; mais je n'ose me flatter d'égaler jamais ses vertus. Me conduire autant que je peux par ses principes, c'est tout ce qu'il est en mon pouvoir de faire.

ALIX DE SAINT-ANDRÉ

Papa est au Panthéon*

Il est là ; il veut se lever, j'arrive avant, je lui prends les mains. Elles sont poreuses, humides, sa peau n'est plus étanche ; il n'y a plus les mains sèches et chaudes de mon père, des mains d'homme, larges, longues, un peu rugueuses ; il y a une peau beaucoup trop douce, suintante, prête à glacer ; plus de paume, plus de père, trahison. Je ris, assise à ses pieds ; il force son sourire ; nous nous méfions. Plus de cravate non plus, un foulard dans le col, pour masquer son cou de tortue, sans doute, je ne regarde pas, non, non. Je pose des baisers sur le dos de ses mains, un terrain neutre, sec, encore chaud ; je ris toujours. Il passe ses doigts dans mes cheveux. Sûrement il voudrait que je l'embrasse, mais il n'a plus de joues. Si je l'embrasse, il va s'en rendre compte ; et nous ne sommes pas si affectueux, en général.

Autour, les autres parlent ; ils font du bruit, joyeux, un peu trop pour être honnêtes. C'est joli, ce que

* Extrait de *Papa est au Panthéon* (Folio n° 3819).

j'ai apporté, c'est bon les bonbons, merci beaucoup madame. Mais non, pas madame, voyons : Nina ! Merci beaucoup Nina. Dans la télé un type pose des questions, les yeux exorbités ; d'habitude Miguel connaît toutes les réponses bien avant que les gens appuient sur leur gros bouton, mais là il ne dit rien, il ne cherche plus, il n'écoute même pas ; il s'en fout.

Philomène l'emballe pour sortir. Au moins quatre pulls, un manteau, des gants. Il se laisse faire ; il grimace parfois, comme s'il n'avait plus d'huile dans les articulations. Elle lui parle doucement, bas, elle a peur de se faire engueuler, encore maintenant, ce serait possible. Sur le palier, elle ressort, on avait oublié le chapeau ; il n'en veut pas, pas de chapeau au Panthéon, voyons, une église pleine de morts... Philomène a réussi à se faire un peu gronder ; le tigre est encore vivant.

Dans la voiture, j'ai mis la radio, comme si l'on n'avait rien à se dire, comme si tout était normal ; tout est normal, je baisse le son. S'il parle, je pourrais toujours prétendre n'avoir rien entendu. Et il ne peut pas parler puisque moi je lui parle des îles, des mers, des bateaux, des rivages enchantés.

— Et les marins ? demande-t-il.

Je ris :

— C'est toi mon marin bleu, tu sais bien.

Mais je ne sais pas s'il sait, c'était dans la vie d'avant, ça, et je l'ai blessé, peut-être. Je repars pour les îles, plus fort, tonitruante. On dirait que tout irait bien.

Il faut que je l'aide à sortir, la voiture est petite, il
est immense et tout rouillé ; je ne sais pas le déplier,
j'ai peur de lui faire mal. Il n'est plus du tout immense
en fait, sans son chapeau, avec mes talons, il fait ma
taille, à peine ma taille, un peu plus petit même.

— Jolis clips !

Il a remarqué mes boucles d'oreilles, j'ai horreur de
ça, j'en perds toujours une, mais lui adore, je me suis
habillée pour lui ; il aime les femmes un peu trop far-
dées, bijoutées, panthères aux ongles laqués, rouges les
ongles, ruisselantes de bijoux, les femmes fatales de sa
jeunesse oubliée. Et ce vieux Guerlain, *Vol de nuit*, qui
m'enveloppe de quelqu'un d'autre ; en qui suis-je
déguisée ? En ma mère ? Pas de danger. En sa mère,
peut-être… Ridicule.

Combien y a-t-il de marches à ce fichu Panthéon ?
Il se tient à mon bras, comme un enfant, mais un
enfant aux os de verre, un enfant voûté, crispé, durci,
un enfant qui n'a plus aucune chance de faire des
progrès, jamais. Encore une, encore une. S'en rend-il
compte ? Il ne dit rien, il ménage son souffle, nous
regardons nos pieds. Il s'applique, le droit d'abord,
puis le gauche qui le rejoint, encore le droit. Je pense :
une marche pour papa, une marche pour maman, c'est
idiot. J'aurais dû lui prendre une canne.

Voilà le conservateur là-haut, toujours dans son
duffle-coat bleu marine, cheveux frisottés, sur un pied,
cigogne ; il cogne une pipe contre le talon de sa chaus-
sure, nous aperçoit, descend. Miguel ne l'a pas vu,

mais lui attrape son autre bras en se présentant, naturel. Il est le conservateur du Panthéon, il est très
honoré, il… Il est gentil, Dieu merci, à ce moment-là,
je l'épouserais. C'est la plus belle qualité du monde, ce
soir.

Nous continuons à monter, et nous entrons, tous
les trois, dans les courants d'air, bras dessus, bras
dessous. Miguel, un peu haletant :

— Je crois que nous nous sommes déjà parlé au
téléphone, à Rome.

Les choses sont claires. Le conservateur bafouille,
sourit, aucun protocole n'a prévu l'accueil des futurs
pensionnaires.

Mon père, ce héros
au sourire si doux

VICTOR HUGO

*Après la bataille**

Mon père, ce héros au sourire si doux,
Suivi d'un seul housard qu'il aimait entre tous
Pour sa grande bravoure et pour sa haute taille,
Parcourait à cheval, le soir d'une bataille,
Le champ couvert de morts sur qui tombait la nuit.
Il lui sembla dans l'ombre entendre un faible bruit.
C'était un espagnol de l'armée en déroute
Qui se traînait sanglant sur le bord de la route,

Râlant, brisé, livide, et mort plus qu'à moitié,
Et qui disait : — À boire, à boire par pitié ! —
Mon père, ému, tendit à son housard fidèle
Une gourde de rhum qui pendait à sa selle,
Et dit : — Tiens, donne à boire à ce pauvre blessé. —
Tout à coup, au moment où le housard baissé
Se penchait vers lui, l'homme, une espèce de maure,
Saisit un pistolet qu'il étreignait encore,
Et vise au front mon père en criant : Caramba !

* Extrait de *La Légende des siècles* (Poésie/Gallimard n° 367).

Le coup passa si près que le chapeau tomba
Et que le cheval fit un écart en arrière.
— Donne-lui tout de même à boire, dit mon père.

ANNIE ERNAUX

*La place**

Il était gai.

Il blaguait avec les clientes qui aimaient à rire. Grivoiseries à mots couverts. Scatologie. L'ironie, inconnue. Au poste, il prenait les émissions de chansonniers, les jeux. Toujours prêt à m'emmener au cirque, aux films *bêtes*, au feu d'artifice. À la foire, on montait dans le train fantôme, l'Himalaya, on entrait voir la femme la plus grosse du monde et le Lilliputien.

Il n'a jamais mis les pieds dans un musée. Il s'arrêtait devant un beau jardin, des arbres en fleur, une ruche, regardait les filles bien en chair. Il admirait les constructions immenses, les grands travaux modernes (le pont de Tancarville). Il aimait la musique de cirque, les promenades en voiture dans la campagne, c'est-à-dire qu'en parcourant des yeux les champs, les hêtrées, en écoutant l'orchestre de Bouglione, il paraissait heureux. L'émotion qu'on éprouve en entendant un air, devant des paysages, n'était pas un sujet de conversation. Quand j'ai

* Extrait de *La place* (Folio n° 1722).

commencé à fréquenter la petite bourgeoisie d'Y..., on
me demandait d'abord mes goûts, le jazz ou la musique
classique, Tati ou René Clair, cela suffisait à me faire
comprendre que j'étais passée dans un autre monde.

Un été, il m'a emmenée trois jours dans la famille, au
bord de la mer. Il marchait pieds nus dans des sandales,
s'arrêtait à l'entrée des blockhaus, buvait des demis à la
terrasse des cafés et moi des sodas. Pour ma tante, il a
tué un poulet qu'il tenait entre ses jambes, en lui enfon-
çant des ciseaux dans le bec, le sang gras dégouttait sur
la terre du cellier. Ils restaient tous à table jusqu'au
milieu de l'après-midi, à évoquer la guerre, les parents,
à se passer des photos autour des tasses vides. *« On pren-
dra bien le temps de mourir, marchez ! »*

Peut-être une tendance profonde à ne pas s'en faire,
malgré tout. Il s'inventa des occupations qui l'éloi-
gnaient du commerce. Un élevage de poules et de lapins,
la construction de dépendances, d'un garage. La disposition de la cour s'est modifiée souvent au gré de ses
désirs, les cabinets et le poulailler ont déménagé trois
fois. Toujours l'envie de démolir et de reconstruire.

Ma mère : « C'est un homme de la campagne, que
voulez-vous. »

Il reconnaissait les oiseaux à leur chant et regardait le ciel chaque soir pour savoir le temps qu'il ferait, froid et sec s'il était rouge, pluie et vent quand la lune était dans l'eau, c'est-à-dire immergée dans les nuages. Tous les après-midi il filait à son jardin, toujours net. Avoir un jardin sale, aux légumes mal soignés indiquait un laisser-aller de mauvais aloi, comme se négliger sur sa personne ou trop boire. C'était perdre la notion du temps, celui où les espèces doivent se mettre en terre, le souci de ce que penseraient les autres. Parfois des ivrognes notoires se rachetaient par un beau jardin cultivé entre deux cuites. Quand mon père n'avait pas réussi des poireaux ou n'importe quoi d'autre, il y avait du désespoir en lui. À la tombée du jour, il vidait le seau de nuit dans la dernière rangée ouverte par la bêche, furieux s'il découvrait, en le déversant, des vieux bas et des stylos bille que j'y avais jetés, par paresse de descendre à la poubelle.

Pour manger, il ne se servait que de son Opinel. Il coupait le pain en petits cubes, déposés près de son assiette pour y piquer des bouts de fromage, de charcuterie, et saucer. Me voir laisser de la nourriture dans l'assiette lui faisait deuil. On aurait pu ranger la sienne sans la laver. Le repas fini, il essuyait son couteau contre son bleu. S'il avait mangé du hareng, il

l'enfouissait dans la terre pour lui enlever l'odeur. Jusqu'à la fin des années cinquante, il a mangé de la
soupe le matin, après il s'est mis au café au lait, avec
réticence, comme s'il sacrifiait à une délicatesse fémi-
nine. Il le buvait cuillère par cuillère, en aspirant,
comme de la soupe. À cinq heures, il se faisait sa col-
lation, des œufs, des radis, des pommes cuites et se
contentait le soir d'un potage. La mayonnaise, les
sauces compliquées, les gâteaux, le dégoûtaient.

Il dormait toujours avec sa chemise et son tricot de
corps. Pour se raser, trois fois par semaine, dans l'évier
de la cuisine surmonté d'une glace, il déboutonnait son
col, je voyais sa peau très blanche à partir du cou. Les
salles de bains, signe de richesse, commençaient à se
répandre après la guerre, ma mère a fait installer un
cabinet de toilette à l'étage, il ne s'en est jamais servi,
continuant de se débarbouiller dans la cuisine.

Dans la cour, l'hiver, il crachait et il éternuait avec
plaisir.

Ce portrait, j'aurais pu le faire autrefois, en rédac-
tion, à l'école, si la description de ce que je connais-
sais n'avait pas été interdite. Un jour, une fille, en
classe de CM2, a fait s'envoler son cahier par un splen-
dide atchoum. La maîtresse au tableau s'est retournée :
« Distingué, vraiment ! »

HOMÈRE

*Ulysse et Télémaque**

Athéna s'approcha ; elle avait pris l'apparence d'une femme, belle, grande et experte dans l'art du tissage. Elle s'arrêta aux portes de la cabane et se montra à Ulysse. Télémaque ne la vit pas et ne sentit pas sa présence — les dieux ne se montrent pas à tous les hommes. En plus d'Ulysse, les chiens l'aperçurent ; ils n'aboyèrent pas mais s'enfuirent, apeurés, de l'autre côté de la ferme en grognant. Elle fit un signe des sourcils et le divin Ulysse le remarqua. Il sortit de la pièce, longea le grand mur de la cour et se tint devant elle. Athéna lui dit alors :

— Noble fils de Laërte, Ulysse aux mille stratagèmes, le moment est venu de dire la vérité à ton fils. Ne lui cache rien, afin que tous les deux vous puissiez comploter la mort et le destin fatal des prétendants et vous rendre à la ville. Je ne resterai pas longtemps loin de vous car je brûle de me battre !

À ces mots, Athéna le toucha de sa baguette en or.

---

* Extrait de l'*Odyssée* (Folioplus classiques n° 18).

Elle couvrit sa poitrine d'un manteau immaculé et d'une belle tunique. Elle le rendit plus grand et plus jeune. Il retrouva son teint sombre, ses joues se remplirent, une barbe noire apparut autour de son menton. La tâche accomplie, la déesse repartit. Ulysse retourna dans la cabane. Son fils le contempla avec stupeur. Effrayé, il détourna les yeux — c'était sans doute un dieu — et prononça ces paroles ailées :

— Étranger, tu es un autre homme ! Tes vêtements ont changé, ton corps n'est plus le même qu'à l'instant. Tu dois être l'un des dieux qui occupent le vaste ciel ! Montre-toi propice et nous t'offrirons des sacrifices qui te plairont et des cadeaux en or bien ouvragés. Épargne-nous, je t'en supplie !

Le divin Ulysse qui avait enduré mille épreuves lui répondit alors :

— Non, je ne suis pas un dieu. Pourquoi me confonds-tu avec les immortels ? Je suis ton père, celui à cause duquel tu pleures et souffres tous les jours, en subissant la violence des hommes.

À ces mots, il embrassa son fils et les larmes coulèrent le long de ses joues et tombèrent sur le sol. Il les avait toujours retenues jusque-là. Télémaque, incrédule — il n'était pas encore convaincu que cet homme était son père —, lui adressa de nouveau la parole et lui dit :

— Non ! Tu n'es pas Ulysse, tu n'es pas mon père ! Tu n'es qu'une divinité qui me charme afin d'accroître encore ma tristesse et mon chagrin. Un mortel serait incapable d'opérer de tels prodiges par ses propres moyens, à moins qu'un dieu n'intervienne et le rajeunisse ou le vieillisse par sa simple volonté. Tu étais un vieillard vêtu de haillons il y a un instant et soudain tu ressembles aux dieux qui occupent le vaste ciel !

Ulysse aux mille ruses lui répondit :

— Télémaque, il ne convient pas, quand ton père est dans cette cabane, que tu l'accueilles avec trop d'étonnement et de surprise. Il ne viendra pas d'autre Ulysse ici. C'est moi, je suis ici : au prix d'innombrables malheurs et de longues errances, je suis revenu dans ma patrie, vingt ans après mon départ. Ma métamorphose est l'œuvre d'Athéna la belliqueuse : elle a le pouvoir de me transformer à sa guise, tantôt je deviens un mendiant, tantôt un homme jeune, le corps vêtu de beaux habits. Il n'est rien de plus facile pour les dieux qui occupent le vaste ciel que de glorifier un mortel ou de l'abaisser.

À ces mots, Ulysse s'assit et Télémaque serra dans ses bras son noble père en sanglotant et en versant des larmes. Le désir de pleurer était monté en chacun. Ils pleurèrent en poussant plus de gémissements que les oiseaux de proie — les aigles ou les vautours aux serres recourbées — auxquels des paysans ont volé leurs petits avant qu'ils soient capables de voler. Ainsi les deux hommes laissaient-ils couler sous leurs paupières des larmes attendries. Le soleil se serait couché avant que leurs sanglots ne cessent si Télémaque n'avait soudain demandé à son père :

— Sur quel navire, cher père, des marins t'ont-ils conduit ici, à Ithaque ? Qui prétendaient-ils être ? Car j'imagine que tu n'es pas venu ici à pied !

Le divin Ulysse qui avait enduré mille épreuves lui dit à son tour :

— Eh bien, mon enfant, je vais te dire la vérité. Les Phéaciens m'ont amené ici, ces illustres marins qui reconduisent tous les hommes échoués sur leurs côtes. Ils m'ont fait traverser la mer sur un vaisseau rapide et m'ont déposé, endormi, sur le rivage d'Ithaque, en me laissant des cadeaux étincelants, des monceaux de bronze, d'or et d'étoffes tissées. Tous ces présents sont à l'abri dans une grotte, selon la volonté des dieux. Et moi je suis venu ici sous l'inspiration d'Athéna afin que nous nous concertions sur le massacre de nos ennemis. Compte donc maintenant les prétendants et fais-en la liste complète afin que je sache combien ils sont et qui ils sont. J'évaluerai la situation et je déciderai ensuite, en bon stratège, si nous pouvons les affronter tous les deux ou s'il nous faudra chercher du renfort.

Le sage Télémaque lui répondit :

— Ô mon père ! Toute ma vie j'ai entendu parler de ta gloire immense, de ta combativité à la guerre et de ta sagesse au conseil, mais ce que tu viens de dire me dépasse. L'étonnement me saisit. Comment deux hommes seuls pourraient-ils lutter contre des adversaires si nombreux et si braves ? Car les prétendants ne sont pas juste une dizaine, ni même une vingtaine, ils sont bien plus nombreux. Je vais te dire le nombre exact... De Doulichion, ils sont cinquante-deux jeunes gens de l'élite, avec six serviteurs ; de Samé, vingt-quatre ; de Zacynthe, vingt Achéens et d'Ithaque, douze, les douze plus nobles. Médon le héraut les accompagne, ainsi qu'un divin aède et deux serviteurs experts dans l'art de découper les viandes. Si nous nous trouvons face à tous ces hommes dans le palais, je crains que ta vengeance ne prenne une tournure bien amère et fatale pour toi. Réfléchis, tu vas peut-être songer à un renfort qui soit disposé à nous venir en aide.

Le divin Ulysse qui avait enduré mille épreuves lui fit cette réponse :

— Je vais t'en citer deux. Sois attentif et écoute-moi bien : selon toi, Athéna aidée de Zeus le père suffira-t-elle pour nous aider ? Ou dois-je trouver d'autres renforts ?

Le sage Télémaque lui dit à son tour :

— Ce sont de bons renforts ceux que tu as cités, je l'admets, même du haut de leurs nuages car ils règnent sur tous les hommes et sur les dieux immortels !

Le divin Ulysse qui avait enduré mille épreuves lui répondit :

— Ces deux-là ne resteront pas longtemps à l'écart de la mêlée à l'instant où la force d'Arès penchera en notre faveur ou en celle des prétendants. Mais en attendant, retourne dès l'aube à la maison et mêle-toi aux orgueilleux prétendants. Le porcher me conduira à la ville plus tard, sous les traits d'un vieux mendiant misérable. Et si l'on m'insulte dans la maison, ton

cœur devra endurer que l'on me traite mal. Même s'ils
me traînent par les pieds à travers le palais jusqu'à la
porte ou s'ils me jettent des projectiles, force-toi à supporter ce spectacle. Tu peux toujours les exhorter à ces-
ser leurs folies et les en détourner par des paroles
douces comme le miel. Ces hommes n'écouteront pas
car le jour de leur mort est arrivé. Autre chose, et
retiens-la bien : quand Athéna aux mille conseils
m'avertira, je te ferai un signe de la tête. Dès que tu
l'auras vu, enlève toutes les armes belliqueuses qui se
trouvent dans la grande salle du palais et va les déposer au fond de la chambre à l'étage. N'oublie pas de
tromper les prétendants par de belles paroles quand ils
t'interrogeront en cherchant les armes : « Je les ai rangées ailleurs, loin de la fumée car elles ne ressemblaient
plus à celles laissées jadis par Ulysse à son départ pour
Troie. Elles ont été abîmées par les vapeurs du feu. En
outre le fils de Cronos m'a suggéré de les déplacer pour
une autre raison : si jamais une querelle s'élève entre
vous quand vous avez trop bu, vous risquez de vous
blesser les uns les autres et de déshonorer le festin et
votre demande en mariage, car le fer attire l'homme. »
Garde juste deux épées pour nous, deux javelots et
deux boucliers en cuir de bœuf à portée de main pour
que nous puissions les saisir rapidement. Pour le reste,
Pallas Athéna et Zeus l'ingénieux se chargeront de
tromper les prétendants. Je vais te dire une dernière
chose et retiens-la bien : si tu es véritablement mon
fils, né de notre sang, ne révèle à personne qu'Ulysse

est de retour. Ni Laërte, ni le porcher, ni les serviteurs, ni Pénélope elle-même ne doivent l'apprendre. Nous seuls, toi et moi, nous vérifierons les dispositions des servantes et nous éprouverons peut-être aussi certains des hommes pour voir lesquels nous respectent et nous craignent et lesquels ne se soucient pas de nous et te méprisent parce que tu es si jeune.

[Chant XVI, 156-307]

IVAN TOURGUÉNIEV

Pères et fils*

Le père et le fils sortirent sur la terrasse abritée par la marquise ; près de la balustrade, sur une table, trônait déjà entre des bouquets de lilas un samovar bouillant. Une fillette apparut, la même qui la veille était venue la première sur le perron à la rencontre des arrivants ; elle dit d'une voix fluette :

« Théodosie Nikolavna ne se sent pas très bien, elle ne peut pas venir ; elle fait demander si vous voulez servir le thé vous-même ou s'il faut vous envoyer Douniacha.

— Je le servirai moi-même, se hâta de répondre Nicolas Pétrovitch. Arcade, tu prends ton thé au citron ou à la crème ?

— À la crème. » Et après une courte pause, Arcade prononça d'un ton interrogateur : « Papa ? »

Nicolas Pétrovitch regarda son fils avec embarras.

« Qu'y a-t-il ? »

Arcade baissa les yeux.

* Extrait de *Pères et fils* (Folio n° 1869).

« Excuse-moi, papa, si ma question te paraît déplacée, commença-t-il, mais tu m'incites toi-même par la franchise dont tu m'as hier donné l'exemple à te parler franchement moi aussi... tu ne te fâcheras pas ?

— Parle.

— Puisque tu m'y autorises, laisse-moi te demander... Serait-ce à cause de ma présence que Fén... qu'elle ne vient pas servir le thé ? »

Nicolas Pétrovitch détourna légèrement la tête.

« Peut-être croit-elle que... peut-être est-elle gênée... », dit-il enfin.

Arcade dévisagea son père d'un coup d'œil rapide.

« Elle a bien tort d'être gênée. Premièrement, tu connais ma façon de penser (Arcade éprouva un grand plaisir à prononcer ces mots), et deuxièmement, crois-tu que je veuille si peu que ce soit te déranger dans ta vie, dans tes habitudes ? De plus, je suis convaincu que tu ne pouvais pas faire un mauvais choix ; si tu lui as permis de vivre avec toi sous un même toit, c'est qu'elle le mérite, j'en suis sûr : en tout cas ce n'est pas au fils de juger le père, surtout quand il s'agit de moi avec un père tel que toi qui n'as jamais entravé en rien ma liberté. »

La voix d'Arcade tremblait, au début : il se sentait magnanime, tout en se rendant bien compte qu'il faisait en quelque sorte un sermon à son père ; mais on se laisse toujours influencer par le son de ses propres paroles, et Arcade prononça la fin de sa phrase d'un ton ferme et même avec une certaine emphase.

« Merci, Arkacha », dit Nicolas Pétrovitch d'une voix sourde ; il passa de nouveau ses doigts sur ses sourcils et sur son front. « Tes suppositions sont exactes, en effet. Certes si cette jeune fille ne méritait pas... Il ne s'agit pas d'une foucade. Je ne suis pas très à l'aise pour te parler de cela ; mais tu comprends bien qu'il lui était difficile de venir ici, toi présent, surtout le jour de ton arrivée.

— Dans ce cas, c'est moi qui vais la voir, s'écria Arcade dans un nouvel accès de magnanimité, et il se leva d'un bond. Je lui expliquerai qu'elle n'a pas de honte à avoir à cause de moi. »

Nicolas Pétrovitch se leva aussi.

« Arcade, s'il te plaît... comment peux-tu ?... il y a là-bas... Je ne t'ai pas encore prévenu... »

Mais Arcade ne l'écoutait déjà plus ; il avait quitté la terrasse en courant. Nicolas Pétrovitch le suivit des yeux et se rassit, profondément troublé. Son cœur battait à grands coups... Était-ce parce qu'il se représentait clairement à cet instant l'inévitable étrangeté de ses futurs rapports avec son fils ? Se rendait-il compte qu'Arcade aurait peut-être été plus respectueux envers lui en n'abordant pas du tout ce sujet ? Se reprochait-il sa propre faiblesse ? Nous ne saurions le dire ; tout cela était en lui, mais sous forme de sensations et, qui plus est, de sensations confuses ; cependant la rougeur n'avait pas quitté son visage et son cœur battait.

Un bruit de pas précipités annonça le retour d'Arcade sur la terrasse.

« Nous avons fait connaissance, père ! s'écria-t-il avec une expression de triomphe nuancé de tendresse et de bonté. Théodosie Nikolaïevna est effectivement un peu souffrante aujourd'hui et ne viendra que plus tard. Mais comment ne m'avais-tu pas dit que j'avais un frère ? Je l'aurais dès hier soir embrassé sur les deux joues comme je viens de le faire. »

Nicolas Pétrovitch était pris entre l'envie de dire quelque chose et celle de se lever et de lui ouvrir tout grands ses bras... Arcade se jeta à son cou.

La voix de Paul Pétrovitch retentit derrière eux.

« Qu'est-ce à dire ? Vous vous embrassez encore ? »

Le père et le fils furent aussi ravis l'un que l'autre de sa venue à cet instant ; il est des situations touchantes dont on a pourtant hâte de sortir.

« Cela t'étonne ? dit gaiement Nicolas Pétrovitch. Il y a si longtemps que j'attendais Arkacha... Depuis hier je n'arrive pas à me rassasier de sa vue.

HONORÉ DE BALZAC

*Le Père Goriot**

L'étudiant frappa rudement à la porte du père Goriot.

— Mon voisin, dit-il, j'ai vu madame Delphine.

— Où?

— Aux Italiens.

— S'amusait-elle bien? Entrez donc. Et le bonhomme, qui s'était levé en chemise, ouvrit sa porte et se recoucha promptement.

— Parlez-moi donc d'elle, demanda-t-il.

Eugène, qui se trouvait pour la première fois chez le père Goriot, ne fut pas maître d'un mouvement de stupéfaction en voyant le bouge où vivait le père, après avoir admiré la toilette de la fille. La fenêtre était sans rideaux; le papier de tenture collé sur les murailles s'en détachait en plusieurs endroits par l'effet de l'humidité, et se recroquevillait en laissant apercevoir le plâtre jauni par la fumée. Le bonhomme gisait sur un mauvais lit, n'avait qu'une maigre couverture et un couvre-

* Extrait du *Père Goriot* (Folio n° 3226).

pieds ouaté fait avec les bons morceaux des vieilles robes de madame Vauquer. Le carreau était humide et plein de poussière. En face de la croisée se voyait une de ces vieilles commodes en bois de rose à ventre renflé, qui ont des mains en cuivre tordu en façon de sarments décorés de feuilles ou de fleurs ; un vieux meuble à tablette de bois sur lequel était un pot à eau dans sa cuvette et tous les ustensiles nécessaires pour se faire la barbe. Dans un coin, les souliers ; à la tête du lit, une table de nuit sans porte ni marbre ; au coin de la cheminée, où il n'y avait pas trace de feu, se trouvait la table carrée, en bois de noyer, dont la barre avait servi au père Goriot à dénaturer son écuelle en vermeil. Un méchant secrétaire sur lequel était le chapeau du bonhomme, un fauteuil foncé de paille et deux chaises complétaient ce mobilier misérable. La flèche du lit, attachée au plancher par une loque, soutenait une mauvaise bande d'étoffe à carreaux rouges et blancs. Le plus pauvre commissionnaire était certes moins mal meublé dans son grenier, que ne l'était le père Goriot chez madame Vauquer. L'aspect de cette chambre donnait froid et serrait le cœur, elle ressemblait au plus triste logement d'une prison. Heureusement Goriot ne vit pas l'expression qui se peignit sur la physionomie d'Eugène quand celui-ci posa sa chandelle sur la table de nuit. Le bonhomme se tourna de son côté en restant couvert jusqu'au menton.

— Eh bien ! qui aimez-vous mieux de madame de Restaud ou de madame de Nucingen ?

— Je préfère madame Delphine, répondit l'étudiant, parce qu'elle vous aime mieux.

À cette parole chaudement dite, le bonhomme sortit son bras du lit et serrra la main d'Eugène.

— Merci, merci, répondit le vieillard ému. Que vous a-t-elle donc dit de moi ?

L'étudiant répéta les paroles de la baronne en les embellissant, et le vieillard l'écouta comme s'il eût entendu la parole de Dieu.

— Chère enfant ! oui, oui, elle m'aime bien. Mais ne la croyez pas dans ce qu'elle vous a dit d'Anastasie. Les deux sœurs se jalousent, voyez-vous ? c'est encore une preuve de leur tendresse. Madame de Restaud m'aime bien aussi. Je le sais. Un père est avec ses enfants comme Dieu est avec nous, il va jusqu'au fond des cœurs, et juge les intentions. Elles sont toutes deux aussi aimantes. Oh ! si j'avais eu de bons gendres, j'aurais été trop heureux. Il n'est sans doute pas de bonheur complet ici-bas. Si j'avais vécu chez elles ; mais rien que d'entendre leurs voix, de les savoir là, de les voir aller, sortir, comme quand je les avais chez moi, ça m'eût fait cabrioler le cœur. Étaient-elles bien mises ?

— Oui, dit Eugène. Mais, monsieur Goriot, comment, en ayant des filles aussi richement établies que sont les vôtres, pouvez-vous demeurer dans un taudis pareil ?

— Ma foi, dit-il d'un air en apparence insouciant, à quoi cela me servirait-il d'être mieux ? Je ne puis

guère vous expliquer ces choses-là ; je ne sais pas dire
deux paroles de suite comme il faut. Tout est là,
ajouta-t-il en se frappant le cœur. Ma vie, à moi, est
dans mes deux filles. Si elles s'amusent, si elles sont
heureuses, bravement mises, si elles marchent sur des
tapis, qu'importe de quel drap je sois vêtu, et comment
est l'endroit où je me couche ? Je n'ai point froid si
elles ont chaud, je ne m'ennuie jamais si elles rient. Je
n'ai de chagrins que les leurs. Quand vous serez père,
quand vous vous direz, en oyant gazouiller vos
enfants : « C'est sorti de moi ! », que vous sentirez ces
petites créatures tenir à chaque goutte de votre sang,
dont elles ont été la fine fleur, car c'est ça ! vous vous
croirez attaché à leur peau, vous croirez être agité vous-
même par leur marche. Leur voix me répond partout.
Un regard d'elles, quand il est triste, me fige le sang.
Un jour vous saurez que l'on est bien plus heureux de
leur bonheur que du sien propre. Je ne peux pas vous
expliquer ça : c'est des mouvements intérieurs qui
répandent l'aise partout. Enfin, je vis trois fois. Voulez-vous que je vous dise une drôle de chose ? Eh bien !
quand j'ai été père, j'ai compris Dieu. Il est tout entier
partout, puisque la création est sortie de lui. Monsieur,
je suis ainsi avec mes filles. Seulement j'aime mieux
mes filles que Dieu n'aime le monde, parce que le
monde n'est pas si beau que Dieu, et que mes filles
sont plus belles que moi. Elles me tiennent si bien à
l'âme, que j'avais idée que vous les verriez ce soir. Mon
Dieu ! un homme qui rendrait ma petite Delphine

aussi heureuse qu'une femme l'est quand elle est bien
aimée; mais je lui cirerais ses bottes, je lui ferais ses
commissions. J'ai su par sa femme de chambre que ce
petit monsieur de Marsay est un mauvais chien. Il m'a
pris des envies de lui tordre le cou. Ne pas aimer un
bijou de femme, une voix de rossignol, et faite comme
un modèle! Où a-t-elle eu les yeux d'épouser cette
grosse souche d'Alsacien? Il leur fallait à toutes deux
de jolis jeunes gens bien aimables. Enfin, elles ont fait
à leur fantaisie.

Le père Goriot était sublime. Jamais Eugène ne
l'avait pu voir illuminé par les feux de sa passion paternelle. Une chose digne de remarque est la puissance
d'infusion que possèdent les sentiments. Quelque
grossière que soit une créature, dès qu'elle exprime une
affection forte et vraie, elle exhale un fluide particulier
qui modifie la physionomie, anime le geste, colore la
voix. Souvent l'être le plus stupide arrive, sous l'effort
de la passion, à la plus haute éloquence dans l'idée, si
ce n'est dans le langage, et semble se mouvoir dans une
sphère lumineuse. Il y avait en ce moment dans la voix,
dans le geste de ce bonhomme, la puissance communi-
cative qui signale le grand acteur. Mais nos beaux
sentiments ne sont-ils pas les poésies de la volonté?

TU SERAS UN HOMME, MON FILS !

EST-CE QUE TU M'AIMES, PAPA ?

Copyrights

Nathalie Sarraute, Enfance *(Folio n° 1684)*
© *Éditions Gallimard, 1983.*

Ivan Tourguéniev, Pères et fils
Traduit du russe par Françoise Flamant (Folio n° 1869)
© *Éditions Gallimard, 1982.*

Composition Bussière.
Impression Novoprint
le 4 avril 2007.
Dépôt légal : avril 2007.

ISBN 978-2-07-034609-7./Imprimé en Espagne.

150817